CLOCHETTES

ET

CLAIRONS

PARIS

ALPHONSE LEMERRE, ÉDITEUR

27, PASSAGE CHOISEUL, 27

1873

CLOCHETTES ET CLAIRONS

Il a été tiré de ce livre :

30 exemplaires sur papier de Hollande.
10   —   sur papier de Chine.

Tous ces exemplaires sont numérotés et paraphés par l'auteur.

GABRIEL CHAPELON-GRASSET

CLOCHETTES

ET

CLAIRONS

FAC ET SPERA

PARIS

ALPHONSE LEMERRE, ÉDITEUR
27, PASSAGE CHOISEUL, 27

1873

A LA MÉMOIRE DE MON PÈRE

Trahit sua quemque voluptas.

VIRGILE.

PROLOGUE

PROLOGUE

Le galant troubadour qui chante
Sa sérénade au doux refrain,
Aux jours de crise et de tourmente
Fait vibrer sa corde d'airain ; —
Car il faut au luth des poëtes
Une corde pour tous les tons ;
Doucement tintez, mes clochettes,
Sonnez la charge, mes clairons.

Alors, le porteur de guitare,
Le mélancolique amoureux,
Farouche, entonne sa fanfare ;
Il raidit ses bras musculeux ; —
Car il faut au luth des poëtes
Une corde pour tous les tons ;
Doucement tintez, mes clochettes,
Sonnez la charge, mes clairons.

Suivant la lutte échevelée,
Athlète et chanteur à la fois,
Il commande dans la mêlée
Et de l'épée et de la voix ; —
Car il faut au luth des poëtes
Une corde pour tous les tons ;
Doucement tintez, mes clochettes,
Sonnez la charge, mes clairons.

Mais lorsque tout ce bruit expire,
Quand la paix revient dans les cœurs,

Il chante encore sur sa lyre
La femme, l'amour et les fleurs ; —
Car il faut au luth des poëtes
Une corde pour tous les tons ;
Doucement tintez, mes clochettes,
Sonnez la charge, mes clairons.

Et c'est ainsi que dans ce livre
J'ai fait résonner tour à tour,
Pour les forts mes clairons de cuivre
Et mes clochettes pour l'amour ; —
Car il faut au luth des poëtes
Une corde pour tous les tons ;
Doucement tintez, mes clochettes,
Sonnez la charge, mes clairons.

LA GUERRE

Caïn, qu'as-tu fait de ton frère?

A GABRIEL LAFFAILLE

LA GUERRE

Caïn, qu'as-tu fait de ton frère ?

I

C'est une Parque échevelée
Couverte de sanglants lambeaux,
Qui d'avance dans la mêlée
Marque les fronts pour les tombeaux ;
C'est la farouche pourvoyeuse,
L'insatiable moissonneuse
Qui va glanant les bataillons ;
C'est le spectre effroyable et sombre
Qu'éveille sinistre dans l'ombre
La voix lugubre des canons.

Hydre implacable et dévorante,
Elle entasse les ossements ;
Dans sa gueule toujours béante
La terre jette ses enfants :
Dans ses insondables abîmes
Elle engloutit tant de victimes,
Depuis que l'homme est sous le ciel,
Que ces matériaux funèbres
Doivent former dans les ténèbres
Une monstrueuse Babel ! !

Jamais sa faim n'est assouvie ;
Elle plane sur les humains,
Et veut qu'on livre à son envie
Les cadavres à pleines mains.
Lorsque l'humanité, lassée,
Morne, sanglante, harassée,
Expirante, s'arrête enfin,
Elle, hurlante, furieuse,
Accourt alors et dit, hideuse :
Donnez-moi des hommes,..... j'ai faim !

II

Elle aime le choc des mêlées,
Le fer frappant contre le fer,
Les multitudes affolées,
La moisson de sang et de chair,
L'horrible course fantastique
Où la cavale frénétique
Emporte, pendant à son flanc,
Un corps, où l'on distingue à peine
Un crâne ruisselant qui traîne
Sa chevelure dans le sang.

Elle aime les grêles cymbales,
Les clairons aigus, les tambours,
Le sifflement perçant des balles,
Les boulets rapides et lourds ;
Elle aime à voir l'obus qui passe,
Sinistre étoile dans l'espace,
Les rivages ensanglantés,
L'incendie ardent qui s'allume,
Le fort démantelé qui fume,
Les champs immenses dévastés.

Elle aime à voir surgir sans trêve
Les plaintes des petits enfants,
Les cris des blessés qu'on achève,
Les sanglots, les gémissements,
Les cris de mort, les cris de rage,
Les sourdes rumeurs du carnage,
Les flots de malédictions
Que les épouses et les mères
Jettent aux princes sanguinaires
Pour qui se tuent les nations ! !

Elle aime à voir dans la bataille
Tomber les fronts les plus joyeux ;
Elle désigne à la mitraille
Les plus jeunes, les plus heureux ! —
O familles infortunées !
Il vous a fallu vingt années
Pour faire un homme d'un enfant ;
Le voilà grand, beau, plein de joie....
C'est bien !..... la guerre attend sa proie...
A la victoire il faut du sang !

Debout au seuil de ta chaumière,
Pourquoi consulter l'horizon ?
Pour toujours, hélas ! pauvre mère,
Ton fils a quitté la maison ;
Loin de toi, seul, il agonise.
La cloche de la vieille église
Ne gémira pas à sa mort......
Tu chercherais en vain sa tombe,
Nul ne sait où ton fils succombe,
Nul ne peut dire où ton fils dort.

III

O vous, noirs suppôts de la guerre !
Monstres, objets de ses amours,
Votre puissance sur la terre
Y sera maudite toujours !
Tyrans, dont le fatal génie
Est couronné d'ignominie,
Vous les vainqueurs, vous les bourreaux,
Votre auréole aventureuse,
C'est l'immortalité honteuse
Des épouvantables fléaux ! !

Ces Tamerlan que l'on acclame,
Tous ces illustres égorgeurs
Ont rendu leur triomphe infâme
Par d'insatiables fureurs.
Point d'hymnes pour ces mauvais anges !
Ne profanons pas nos louanges,
Les chants divins s'arrêtent là !
Flétrissons toute gloire immonde,
Chantons les bienfaiteurs du monde,
Socrate et non pas Attila ! ! !

Dieu toujours réprouva la guerre.
Non, non, il ne nous créa pas
Pour attiser sur cette terre
La lutte atroce des combats.
La guerre fut toujours un crime ;
Celui qui frappe et qui décime,
Tout conquérant qui dit : Tuez,
Tout homme qui vit pour détruire,
Oh ! ceux-là, Dieu doit les maudire,
Lui qui nous dit : Multipliez ! ! !

A UNE JEUNE FEMME

Et l'ange que le ciel commit à votre garde
N'a jamais à rougir quand parfois il regarde,
Ce qui se passe en vous.

V. H.

2.

A UNE JEUNE FEMME

Et l'ange que le ciel commit à votre garde
N'a jamais à rougir quand parfois il regarde
Ce qui se passe en vous.
                              V. H.

Vous marchez, heureuse et riante,

Dans une vie insouciante

Où vous ne cueillez que des fleurs ;

Vous souriez à la tendresse

D'un bel enfant qui vous caresse,

D'un époux qui sèche vos pleurs.

Portant, pieuse, sur la terre
Tendrement le doux nom de mère,
Noblement l'anneau de l'hymen,
Quand vous entrez seule à l'église,
On croit voir la forme indécise
D'un ange qui vous tend la main !

Chacun avec respect admire
Votre beauté, votre sourire,
L'éclat de votre œil vaporeux ;
Et votre âme comme un grand livre,
Quand vous parlez, s'ouvre et se livre
Pour se montrer à tous les yeux.

Aussi, quand votre tresse blonde
Blanchira pour un autre monde,
Lorsque bien des jours écoulés
Auront passé sur vos paupières,
Que de vos lèvres en prières
S'enfuiront les ris exilés ;

L'ange qui, depuis votre enfance,
Veille près de vous en silence,
Doucement vous clora les yeux.
Et tandis qu'à la vieille église
Gémira la cloche, la brise
Emportera votre âme aux cieux ;

Alors, à Dieu vous pourrez dire
Que vous n'avez fait que sourire,
Aimer, bénir, plaire, ici-bas,
Puis, que vous fûtes simple et bonne ;
Avec la vertu pour couronne,
Madame, il vous tendra les bras.

COURSE FANTASTIQUE

Et comme l'hippogriffe en une heure volant
De la Norwége à la Nubie.

T. GAUTIER.

Oyez, — c'est son cheval qui passe,
Son cheval... non!... c'est l'ouragan.

A JEAN DOLENT

~~~~

COURSE FANTASTIQUE

> Et comme l'hippogriffe en une heure volant
> De la Norwége à la Nubie.
> <div style="text-align:right">T. GAUTIER.</div>

> Oyez, — c'est son cheval qui passe,
> Son cheval... non !... c'est l'ouragan.

En avant, — allons ! Ventre à terre,
Mon cheval, double ton effort ;
Allons ! — Penché sur ta crinière,
J'aspire l'air avec transport !

Vive la course ardente, folle,
Au milieu des airs et des vents,
Le galop effréné, qui vole
Comme un escadron d'ouragans,
Comme une avalanche qui tombe
Des rochers, — et dans le vallon
Vient s'abattre comme une trombe,
Une tempête, — un tourbillon !

Me ruer comme le tonnerre,
Et bondir parmi les éclairs
Que fait rejaillir de la pierre
Le dur marteau des quatre fers ;
Sentir collé sur mon visage
Le voile subtil de l'éther,
Et siffler un souffle sauvage
Dans mes cheveux épars dans l'air !

En avant, — allons ! Ventre à terre,
Mon cheval, double ton effort ;

Allons ! — Penché sur ta crinière,
J'aspire l'air avec transport !

Oh ! poursuivre l'autan farouche
Dans cet élan vertigineux,
Le cheval l'écume à la bouche,
Le corps fumant, les flancs poudreux ;
Voir la sueur fine, perlée,
Sur son col aux crins éperdus,
Sa longue queue échevelée,
Ses jarrets sans cesse tendus ;

Passer à travers les campagnes,
Les forêts sombres, les halliers,
S'engouffrer au cœur des montagnes,
Franchir les ravins par milliers ;
Pousser sa course furibonde,
Sans prendre halte ni relais,
Et traverser ainsi le monde
Sans vouloir s'arrêter jamais !

En avant, — allons ! Ventre à terre,
Mon cheval, double ton effort ;
Allons ! — Penché sur ta crinière,
J'aspire l'air avec transport !

Et toujours les arbres défilent
Dans une brume où tout se fond ;
Les clochers aigus y profilent
Leurs silhouettes dans le fond ;
On dirait que tout, quand je passe,
Se courbe aux pieds de mon cheval,
Que sous lui la terre s'efface,
Et que nous volons sans rival !

O délire de la vitesse !
Frémissant et fou tour à tour,
Je m'abandonne à ton ivresse,
Je m'abreuve de ton amour,

Et, passant comme la tourmente,
Emporté d'un vol furieux,
Le vertige sans cesse augmente,
Et je crois m'élever aux cieux !

En avant, — allons ! Ventre à terre,
Mon cheval, double ton effort ;
Allons ! — Penché sur ta crinière,
J'aspire l'air avec transport !

LE CHATEAU DE SAINT-GERMAIN

AU CLAIR DE LUNE

> Lorsque je vis le château sombre,
> Je me souvins du temps passé.
>
> Louis d'Ores.

A ALFRED YARZ

LE CHATEAU DE SAINT-GERMAIN

AU CLAIR DE LUNE

> Lorsque je vis le château sombre,
> Je me souvins du temps passé.
> LOUIS D'ORES.

I

O sombre Saint-Germain ! Grandioses tourelles,

Voûtes, piliers, créneaux, où veille le passé,

A votre aspect l'esprit, triste, assombrit ses ailes;

Sous vos larges arceaux le cœur se sent glacé !

Vos fossés sont à sec, vos cours abandonnées,

Vos murs semblent frappés d'un oubli glacial;

Haut et silencieux, bruni par les années,

Se dresse dans la nuit votre fronton royal.

Immense à l'horizon, votre antique terrasse
Offre un champ toujours libre aux jeux des aquilons ;
Sur le sol dépouillé, la rafale qui passe
Seule en ces lieux déserts roule ses tourbillons ;

Et fuyant sous vos bois, au fond de vos allées,
Le vent majestueux, grandissant ses soupirs,
Traîne ses voix au loin vastes et désolées,
Pleines d'immensité comme vos souvenirs !

Les vieux ormes, les ifs, les chênes séculaires,
Les rigides cyprès et les mouvants roseaux
Mêlent au bruit des vents leurs plaintes funéraires
Lorsqu'entre eux sourdement ils choquent leurs rameaux.

On dirait que l'on voit s'agiter à la brune,
Promenant leur pâleur au milieu de vos bois,
Sous les rayons furtifs que leur jette la lune,
Les spectres indécis des hôtes d'autrefois !

I I

Là, c'est François premier avec sa grande épée,
Héroïque à Pavie, à Marignan, toujours !..
Par le sceau de l'honneur sa couronne frappée
Ne s'inclina jamais qu'aux pieds de ses amours.

Quand le roi-chevalier au fort de la bataille
S'avançait, il traçait lui-même son chemin ;
Sa vaillance égalait la hauteur de sa taille,
Et pour courber les forts, pesante était sa main !

Voyez, — auprès de lui flotte une ombre sereine ;
A son aspect, son œil jette un regard plus doux
Et semble caresser Diane souveraine
En ces lieux, où l'on vit les rois à ses genoux.

Regardez, — elle fuit à travers la clairière,
Traînant sur les gazons sa robe aux plis collants,
Promenant sa beauté si puissante et si fière
Qu'elle sut triompher de l'outrage des ans.

Plus loin, — c'est Charles neuf, figure longue et blême,
Dont le front soucieux se courbe tristement, —
Prince au règne fatal ! — Voyez, son ombre même
Laisse dans son sillage une trace de sang.....

Puis, — des mornes Stuarts passe la troupe errante ! —
O Marie adorée ! En ces lieux, sous vos pas
Le bonheur accourait ; vous viviez souriante......
L'implacable destin vous attendait.... Là-bas !

Vous rêviez, vous chantiez alors, jeune épousée :
L'amour dans votre cœur venait s'épanouir :
Et, le front dans l'azur, les pieds dans la rosée,
Vous régniez pour aimer, pour plaire, pour bénir.

Reine, vous frémissez ! Votre œil éteint s'éclaire
Et poursuit anxieux une ombre au pas craintif :
Ah ! c'est bien Jacques deux ; — il pleure l'Angleterre
Et jette à son aïeule un long regard pensif.

Pauvre déshérité ! — bâtard de la fortune,
Il porta bien longtemps les couronnes d'exil ;
La tardive pitié qui sacre l'infortune
Sur la croix des martyrs imprima son profil !

Pendant douze ans, on vit le long des grandes salles
Passer et repasser ce visage attristé ;
Douze ans on entendit résonner sur les dalles
De ce pas indécis l'étrange gravité.

+

Maintenant, loin des siens, dans une humble chapelle,
Tranquille enfin, il dort au fond d'un noir caveau;
Pas de pleurs sur son front, pas de voix qui l'appelle ; —
L'exil l'a poursuivi jusque dans le tombeau.

O malheureux Stuarts ! monarques des ruines,
Qu'à tous les vents le sort sans pitié ballotta,
Vous eûtes de Jésus la couronne d'épines !
Vous êtes, comme lui, morts sur un Golgotha !

Bien des rois orgueilleux des splendeurs d'une tombe
Ont marqué les pays qu'ils surent conquérir ;
Mais vous ! — c'est le billot ! c'est l'exil ! Là succombe
Votre race, qu'un long martyre a fait grandir ! !

III

Passez, passez encor, historiques fantômes ;
Hôtes de Saint-Germain, devant mes yeux passez ! —
Vous, que le doigt de Dieu fit grands parmi les hommes,
Jetez sur moi l'éclat de vos temps éclipsés.

Votre château royal vous couvre de son ombre ;
Pour toujours à ces murs vos noms restent unis,
Et l'œil ému croit voir la silhouette sombre
Du grand roi contemplant les tours de Saint-Denis.

Rêveur, dans votre parc à la coupole noire,
J'aime à voir se croiser vos rangs mystérieux ! —
Les souvenirs vivants du malheur, de la gloire,
Vous ont fait à jamais souverains en ces lieux ;

Valois, Bourbons, Stuarts, Charles neuf, Henri quatre,
Les Guise, Médicis, Jacques, François premier,
Le prince qu'on maudit, le roi qu'on idolâtre,
Le premier d'une race errant près du dernier !......

Tout en ce lieu désert éveille en ma mémoire
Des grands noms disparus l'illustre majesté ! —
Presque à l'égal de Dieu, le burin de l'histoire
Donne au passé la vie et l'immortalité !

ENVOI

Dans ma captivité, sous un ciel brumeux,
je pense au soleil de mon pays, et à toi,
toujours à toi.

Spes!

ENVOI

Dans ma captivité, sous un ciel brumeux,
je pense au soleil de mon pays, et à toi,
toujours à toi.

Spes !

Lorsqu'au printemps les fleurs nouvelles
Balanceront leurs tiges frêles
Aux suaves brises de mai,
Quand les oiseaux sous la feuillée
Chanteront l'amour oubliée,
Peut-être alors je reviendrai.

Illusions de l'espérance ! —
Je revois mon beau ciel de France,
Je m'enivre de sa clarté,
Et j'aspire avec frénésie
Un souffle ardent de poésie,
De jeunesse et de liberté.

Tu seras là, toute rieuse,
Toute tremblante, toute heureuse,
Bénissant le ciel dans ton cœur,
Et je crois voir, à chaque phrase
Que te redira mon extase,
Ton front se voiler de rougeur.

Oh ! le soleil de ma patrie !
Ta maison blanche, la prairie,
Mon cheval aux bonds indomptés,
Les splendeurs de la nuit immense,
Et la lune et le grand silence
Qui dort sous nos cieux argentés !

L'horizon brumeux sur nos plaines,
La fraîcheur des folles haleines
Aux sonores frémissements,
Le calme du bois solitaire,
Les rayons de feu dont s'éclaire
L'or fauve des soleils couchants !

Pleurs de la source murmurante,
Rêverie étrange, qui chante
Ses éternels adieux plaintifs ;
Ombre penchée et taciturne
Que projette le deuil nocturne
Des saules pleureurs et des ifs !

Frêle cristal de la rosée,
Vapeur céleste condensée
La nuit sur la bouche des fleurs !
Fruits dorés que gonfle l'automne !
Séve féconde qui bouillonne
Dans les plantes et dans les cœurs !

Mais, vois-tu, — j'oublierai ces choses
Aux parfums de tes lèvres roses,
A l'ivresse de nos baisers ;
Je ne verrai dans la nature
Que les nœuds de ta chevelure,
Que l'ombre de tes yeux baissés.

Doux avenir en qui j'espère ! —
Ne vouloir le bonheur sur terre
Que pour le mettre à tes genoux,
Te couvrir d'une aile bénie,
C'est l'existence que j'envie,
Le seul bien dont je suis jaloux !

Car pour te revoir, — toi que j'aime,
Je vaincrais tout obstacle, — et même
Je braverais l'arrêt des cieux ;
Oui ! je soulèverais des mondes
Pour voir encor ces tresses blondes
Qui dorent ton col gracieux.

LÉGENDE

Sa tombe est au bord de ces claires eaux.

H. MURGER.

LÉGENDE

Sa tombe est au bord de ces claires eaux.

H. MURGER

Pauvre petite lavandière,

Qui chantait, pieds nus dans l'eau ;

Pauvre petite lavandière !

Elle a suivi le ruisseau.

Avec son battoir, dès l'aurore,

Ses chants joyeux allaient en chœur,

Et, de loin, ce battoir sonore

Tout doucement frappait mon cœur.

.   .   .   .
.   .   .   .
.   .   .   .

Aujourd'hui, — comme le nuage,
Comme les zéphyrs fugitifs,
Son ombre effleure le feuillage
Du saule aux longs rameaux pensifs

Dans les nuits aux rumeurs plaintives,
On entrevoit près des roseaux
Sa robe blanche sur les rives,
Ses pieds vaporeux sur les eaux.

Elle glisse dans les cascades,
Où les follets dansent en rond,
Et dans leurs ébats les naïades
Pleurent leurs perles sur son front ;

Suivant, penchée avec ivresse,
L'eau qui lui jette ses baisers,
La nonchalante, elle caresse
Les nénuphars aux cœurs glacés.

Elle vit dans ce monde étrange
Où l'extase, comme une fleur,
Épanouit dans son œil d'ange
Sa mystérieuse pâleur.

Pauvre petite lavandière,
Qui chantait, pieds nus dans l'eau ;
Pauvre petite lavandière !
Elle a suivi le ruisseau.

BALLADE

Sinite parvulos venire ad me.

BALLADE

Sinite parvulos venire ad me.

Jadis, Jésus, en Palestine,
Dit : « Frères, pourquoi chassez-vous
Cette fraîche troupe enfantine
Qui vient s'ébattre à nos genoux ;
J'aime tant leurs voix angéliques,
Leur innocence, leurs berceaux. » —
Dans la nef aux piliers gothiques.
Venez, venez, petits oiseaux.

. . . .

. . . .

Je priais dans la cathédrale.
Au dehors, les froids aquilons,
Tourbillonnant dans la rafale,
Poussaient la neige à gros flocons,
Et leurs sifflements frénétiques
Ebranlaient le plomb des vitraux. —
Dans la nef aux piliers gothiques,
Venez, venez, petits oiseaux.

Lors mon œil, dans la vieille église,
Vit sur les dalles, étendus,
Cherchant abri contre la bise,
Deux pauvres oiseaux morfondus ;
Sous ces longues voûtes antiques,
Ils cherchaient asile à leurs maux. —
Dans la nef aux piliers gothiques,
Venez, venez, petits oiseaux.

Puis je vis anges aux corniches

Sourire aux frêles fugitifs,

Vieux saints de pierre de leurs niches

Leur jeter des regards pensifs ;

Et tendant ses bras prophétiques,

Le grand Christ, sous les saints arceaux,

Redit ces mots évangéliques :

« Venez à moi, petits oiseaux. »

LA MORT DE LAMARTINE

> D'autres bouches un jour te diront sur ma tombe
> Où fut enfoui mon trésor.
>
> LAMARTINE.

> Tes jours furent tissus de gloire et d'infortune.
>
> LAMARTINE.

LA MORT DE LAMARTINE

D'autres bouches un jour te diront sur ma tombe
Où fut enfoui mon trésor.
                                    LAMARTINE.

Tes jours furent tissus de gloire et d'infortune.
                                    LAMARTINE.

I

Premier Mars ! !..... Pour toujours Lamartine sommeille !

La France se souvient, — la France se réveille,

Et, courbée à genoux sous des voiles de deuil,

Répète tristement ses stances immortelles

Et porte son tribut de couronnes nouvelles

    A l'auguste paix du cercueil !

6

Voyageur harassé d'une si longue vie,
Par de rudes travaux sa journée est remplie, —
Il peut jouir en paix du repos éternel ;
Mais ce n'est que son corps qu'on cloua dans la bière,
Son âme, en nous laissant ses rayons sur la terre,
    Ouvrit ses ailes pour le ciel !

I I

Génie au vol de feu !.... toi dont la foi profonde
En des accents si purs émerveilla le monde,
Exilé de l'éther, passager ici-bas,
Orateur, citoyen, historien, poëte,
Quelle immense auréole a couronné ta tête,
    Vainqueur de glorieux combats !

Athlète généreux, — jamais aux gémonies
Ta muse ne traîna d'infortunés génies,
Jamais tu n'outrageas les astres éclipsés,
Au niveau de tout front s'abaissa ta puissance,
Aux frêles nouveaux-nés de toute intelligence
     Tu donnas les premiers baisers.

Dans l'ombre tu versas à flots sur l'infortune .
Le fruit de ton labeur. — Qu'on cherche ta fortune...
Ce fut là que ta main *enfouit ton trésor !* —
Tu pouvais être fier de ta noble indigence :
De tant de malheureux tu fus la providence!
     Tu sus diviniser ton or!

Élu de Dieu, jeté sur cette sombre terre,
Ton luth naissant brilla d'une vive lumière ;
Tes chants nous préparaient aux saints ravissements,
Car l'ange du Seigneur, de ta lèvre bénie,
Comme il fit autrefois au prophète Isaïe,
     Approchait les charbons ardents ! !

Ta muse aux chants sacrés était prédestinée.

Le temple s'éclaira ; — Sion abandonnée

Vit encor sous tes doigts ses hymnes triompher :

Tu professas ton Dieu, sans honte ni sans crainte ;

En tes mains Jéhovah remit la harpe sainte

    Qu'un siècle voulait étouffer.

Des parvis délaissés entonnant les louanges,

Ton luth harmonieux comme aux concerts des anges,

Prophétique et vengeur, résonna sous ta main ; —

Et grand pour ton pays, grand pour l'œuvre divine,

Tu marchas sans faiblir : — gloire à toi, Lamartine

    Tu suivis un noble chemin ! !

III

J'aime à voir les éclairs que son char homérique
Lance de toutes parts dans l'arène publique ; —
J'admire son grand cœur, son verbe solennel,
Son courage bravant la foule furieuse,
Quand d'un sublime élan sa lèvre dédaigneuse
Chassa les faux dieux de l'autel !

Alors, il combattit *avec l'arme qui reste ;*
De sa puissante voix, de son regard, du geste,
Il repoussait au loin l'étendard abhorré.....
Il vouait à la boue, à l'insulte, à la haine,
Ce funèbre drapeau que le peuple promène ; —
    Il parla comme un inspiré !

Vainement à ses pieds la foule s'accumule,
Le signal de sa mort dans les bouches circule,
Il est seul contre tous, — il ne faillira pas ;
Le peuple en son courroux demande qu'on l'immole...
Contre ces flots hurlants il n'a que sa parole, —
    Sans crainte il attend le trépas.

Le verbe triompha ! — Comme aux accents d'Orphée,
On vit de ces lions la fureur étouffée,
On les vit frémissants s'émouvoir à sa voix,
En admiration transformer leur colère,
Et lorsque s'arrêta son discours téméraire,
    Tous frapper des mains à la fois !

Quel triomphe jamais valut cette victoire ?

Quelle gloire ici-bas égalera sa gloire ?

Il est beau d'affronter les éléments pervers,

Au vent des factions de redresser la tête ; —

Tel, l'aigle audacieux, quand mugit la tempête,

Croise son vol dans les éclairs ! !

I V

Hélas ! tant de bienfaits, tant d'éclat dans sa vie
Ne firent qu'exciter les serpents de l'envie ;
Sa pauvreté servit de but à leur venin,
On ne respecta pas sa pénible agonie :
Avait-on oublié qu'aux champs de l'Ionie,
　　Homère mendiait son pain ?

Cette gloire manquait au héros de la France ! —
On osa marchander l'or à son indigence,
On dénia le culte à l'éclat de son nom,
On jeta sur sa plume un sinistre anathème.
On voulut sur son front briser le diadème,
    On voulut flétrir son renom. —

Ce fut un triste jour, lorsque de vils murmures
Frappèrent ce vieillard, qui montrait ses blessures
Et marchait affaissé sous le poids du malheur ; —
Ce fut un jour honteux, lorsqu'un impur Zoïle,
Sans pudeur, fit jaillir de sa plume servile
    Toute sa bave d'insulteur !

V

Humaine destinée ! — O faveur populaire,
Prodigue des honneurs pour en faire un suaire !
L'homme qu'un peuple entier porta sur le pavois
S'éteignit oublié ; — sans haine, sans colère,
Il monta lentement les degrés du calvaire,
    Sans murmure il porta sa croix.

Lorsque le jour s'enfuit, le laboureur paisible
Abandonne son champ; — d'un pas lent et pénible,
Pour le repos du soir, il gagne sa maison :
Mais lui !... toujours debout le soir comme à l'aurore,
Au pâle crépuscule il travaillait encore.....
    Il mourut creusant son sillon !

Qu'il dorme en paix ! — Son nom se dira d'âge en âge ;
Sur le marbre et l'airain grandira son image,
Le chêne et le laurier brilleront sur son front,
Nos fils diront : Honneur à l'immortel génie !
Gloire au grand citoyen ! — Il fut de la patrie
    Le Virgile et le Cicéron !!

POULET

Si je vous le disais pourtant, que je vous aime.

MUSSET.

POULET

Si je vous le disais pourtant, que je vous aime.

MUSSET.

Si j'étais Castillan ou Maure,
Dans ce pays où la mandore
Se plaint en chants voluptueux,
A l'ombre de la jalousie,
Je jetterais ma poésie
Aux étincelles de vos yeux ;

Je donnerais écharpes vertes,
Fleurs, bijoux, lévriers alertes,
Parure aux brillantes couleurs,
Et jusqu'aux cavales rebelles
Que dompta ma main, et qui belles
Ont le poil vif comme leurs cœurs !

Oh ! ce serait des cavalcades,
De longs soupirs, des sérénades
A ne plus envier les cieux,
Des parfums, des danses, des flammes
Et tant d'amour, que nos deux âmes
S'embraseraient à tant de feux.

Aimer toujours, aimer encore ;
Au crépuscule, à l'autre aurore,
Se verser tant de joie au cœur,
Qu'émouvant Dieu dans le ciel même,
Ne voulant pas qu'ainsi l'on s'aime,
Il fût jaloux de ce bonheur !

O grand Dieu ! que vos blondes tresses
Ont rempli mon cœur de détresses,
Lorsque, penché sur le balcon,
J'enviais cette douce brise
Effleurant la boucle qui frise
Et le poli de votre front ;

Le blond duvet et la peau fine,
Le col penchant, la main divine,
La taille au gracieux contour,
La bouche moqueuse et vermeille
Dont je voudrais être l'abeille
Qui s'y pose au lever du jour (1) !

Hélas ! dans ce pays vulgaire
Il faut souffrir : — on ne peut guère
Rêver à cet amour vainqueur ;
On rit à la foule qui guette,
Mais, cachant un front de poëte,
On garde la blessure au cœur.

(1) Il est une légende qui dit que sur la bouche de toute jeune vierge
une abeille vient se poser chaque matin.

AU CLAIR DE LUNE

BALLADE

AU CLAIR DE LUNE

BALLADE

Le vent plaintif glissait son aile
Dans les frises de la tourelle,
Au fond du gothique escalier ;
Tandis que, soucieuse et seule,
Au castel rêvait dame Izeule
En attendant son chevalier.

.   .   .   .

.   .   .   .

.   .   .   .   ,   .

La lune fantastique et pâle

Nuançait d'un reflet d'opale

La tige frêle des roseaux,

Et les ondines amoureuses,

En des poses voluptueuses,

Reposaient leurs corps sur les eaux.

La nuit de feux furtifs dans l'ombre

Peuplait bois, dunes, hallier sombre,

Hautes bruyères, ruisseau clair ;

Parfois, d'invisibles génies

Se lamentaient en harmonies

Qui passaient vaguement dans l'air.......

La blancheur d'idéales formes
Eclairait la cime des ormes
D'éblouissements fugitifs,
De célestes ombres de femmes
S'enlaçaient mollement ; leurs âmes
Rêvaient dans leurs grands yeux pensifs.

En extase, l'âme attendrie
Laissait flotter sa rêverie
Dans des mondes mystérieux ;
Au cœur pleurait un air si tendre,
Qu'on aurait dit qu'on allait prendre
Votre âme pour la rendre aux cieux.

On eût voulu, loin de la terre,
Vivre au monde où ce doux mystère
Naissait suave de langueur ;
Et palpitant de douces choses,
Comme au vent s'effeuillent les roses,
En soupirs s'effeuillait le cœur.

. . . .
. . . .
. . . .

Le vent plaintif glissait son aile
Dans les frises de la tourelle,
Au fond du gothique escalier ;
Tandis que, soucieuse et seule,
Au castel rêvait dame Izeule
En attendant son chevalier.

DERNIER MOT

Quelque chose est parti qui ne reviendra plus.

BOUILHET.

Ainsi passe l'amour.

DERNIER MOT

Quelque chose est parti qui ne reviendra plus.
    BOUILHET.

Ainsi passe l'amour.

« Si vous aviez voulu, confiants et prospères,
    La main dans la main tous les deux,
Nous aurions écoulé comme deux anges frères
    Notre vie en jours amoureux.

« J'aurais guidé vos pas sous un ciel sans orage ;
   Sans nous douter des mauvais jours,
Doucement, tendrement, vers le but du voyage,
   Souriants, nous irions toujours.

« Et toujours radieux, sans craintes et sans peines,
   Ombrageant nos fronts de bonheurs,
Sur nous auraient passé toutes choses humaines,
   Sans jamais séparer nos cœurs. »

Je vous l'ai dit un soir, souvenez-vous ; — mon âme
   Épanchait doucement ses vœux ;
Comme mon cœur battait, je parlais bas ; — madame,
   Vous prîtes un air dédaigneux ;

Et sans vous soucier de mes douces paroles,
   Sans me voir trembler et pâlir,
Vous jetâtes gaiement quelques notes frivoles,
   Dont l'accent me fit bien souffrir.

Vous n'avez jamais su de combien de blessures
    Vous m'avez frappé ce jour-là,
De combien de douleurs, de combien de tortures
    Cet air si joyeux me combla !

Mais si j'ai cru mourir, quand votre voix joyeuse
    Résonna comme un glas fatal,
Si soudain je fus pris d'une douleur affreuse,
    Cette douleur guérit mon mal.

Et lorsqu'en souvenir vous passez fugitive
    Parmi les ombres d'autrefois,
Quand je vous donne encore une larme tardive,
    Tout à coup j'entends cette voix ;

Alors, à cette voix si joyeuse, mon être
    Se rit des regrets amoureux ;
Cette voix est si gaie aussi, qu'il faut bien l'être ; —
    C'est à mon tour d'être joyeux.

Car ce n'est que fort peu que maintenant je pleure;
　　Si rarement j'aime à rêver
A vos cheveux dorés, que jadis à toute heure
　　J'eus voulu sentir et toucher,

Que je ne puis vraiment me plaindre de l'absence
　　De l'amour, qui fit mon tourment,
Puisqu'aujourd'hui, le cœur vide et sans espérance,
　　Je suis bien plus heureux qu'avant.

DEUIL

DEUIL

Je sens que mon âme est glacée,
Je suis abattu, morne et seul ;
Ma poésie est trépassée ; —
Que l'on prépare mon linceul.

Celle que j'aime est froide et fière,
Mon luth gémit sans l'émouvoir,
Mon père dort au cimetière,
Ma mère meurt de désespoir.

Dans mon vieux castel pas une ombre,
Nul ne vient pour me secourir,
Autour de moi tout paraît sombre ; —
Vous le voyez, — il faut mourir.

Si j'avais du moins près de l'âtre,
Pour me rendre les jours plus doux,
Une petite sœur folâtre,
Qui sauterait sur mes genoux.......

Si j'avais mon cheval Numide,
Faynagib au poil argenté ;
La jeune fille à l'œil timide
Qui m'attendait les soirs d'été ;

Toutes ces heures écoulées
Dans les ivresses d'autrefois,
Et les courses dans les vallées,
Les promenades dans les bois.......

Oh ! si j'avais toutes ces choses,
Qui me rendirent si joyeux,
Mon doux printemps semé de roses,
Qui me faisait tant d'envieux,

Si j'avais ! !..... Hélas ! pauvre hère,
Voyageur de douleur perclus,
Tu n'as plus rien !..... Va dans la terre ;
Là, du moins, l'on ne souffre plus.

Je sens que mon âme est glacée ;
Je suis abattu, morne et seul ;
Ma poésie est trépassée ; —
Que l'on prépare mon linceul.

DÉSESPOIR

Dans l'alcôve mystérieuse,
A la lueur de la veilleuse,
Sous tes regards passionnés,
Il peut passer sa main brûlante
A travers la tresse flottante
De tes blonds cheveux dénoués !

DÉSESPOIR

Dans l'alcôve mystérieuse,
A la lueur de la veilleuse,
Sous tes regards passionnés,
Il peut passer sa main brûlante
A travers la tresse flottante
De tes blonds cheveux dénoués !

Oh ! j'aurais tant aimé ce frisson faible et doux
Qui glisse sur le corps amoureux de la femme ;
Oh ! j'aurais sur mon sein couvert de baisers fous
Cet être délicat, vaporeux et tout âme.

Mais il faut aujourd'hui repousser loin de moi
Cette coupe de joie et d'extase infinie ;
J'aimais avec ferveur, en silence, avec foi,
Et celle que j'aimais en d'autres bras m'oublie.

Un autre a recueilli son regard caressant,
Il a donné l'ivresse à son âme ravie ;
O rage ! il a peut-être appris brutalement
Le verset le plus beau du livre de la vie !

Oh ! ne pouvoir presser — pas même un seul instant —
Ce corps souple et mignon dont j'ai fait mon idole,
Et penser qu'un païen gaspille à tout moment
Cet or, dont je voudrais la plus petite obole ! !

LE MARTYR

La mort, c'est la vie.

LACORDAIRE.

A ALBERT DELPIT.

LE MARTYR

La mort, c'est la vie.

LACORDAIRE.

Amis, notre mort est prochaine, —
Ecoutez ! — Déjà l'on entraîne
Nos frères à l'autel sanglant ; —
Puisque le bourreau nous prépare
Un supplice long et barbare, —
Amis, mourons en souriant !

Soyons forts ; — pas de plaintes vaines. —
Comme les martyrs aux arènes,
Levons notre front vers les cieux ;
Sous le fer, au milieu des flammes
Si nos corps se tordent, — nos âmes
Éclateront en chants joyeux.

Méprisons, bravons la souffrance !
Nous courons à la délivrance,
Nous volons à la liberté ;
Bénissons au lieu de maudire ; —
Nos chaînes tombent ; — le martyre
Nous donne l'immortalité !

Comme Jésus à l'agonie,
Sachons boire jusqu'à la lie
La coupe d'absinthe et de fiel.
Que nous importe la souffrance,
N'avons-nous donc pas l'espérance
De nous désaltérer au ciel ?

Que l'amour du Christ nous transporte !
Allons, bourreaux ! que l'on apporte
Et l'huile bouillante et le fer,
Que lentement sur nous l'on brise
Les clous aigus, qu'on martyrise
Nos membres comme dans l'enfer.

Broyez nos os sous vos tenailles,
Déchirez, fouillez nos entrailles,
Brûlez l'orbite de nos yeux,
Arrachez la peau de nos crânes ! —
Nous vous livrons nos corps profanes,
Nous gardons l'âme pour les cieux !

Car nous vous laissons avec joie
Nos cadavres comme une proie ;
Insultez, souillez nos fronts morts ;
Allez ! jetez dans la poussière
Notre cendre, reste éphémère, —
L'âme se rit de vos efforts ;

Lumineuse dans vos ténèbres,
A travers vos apprêts funèbres
Elle jette son blanc rayon ;
Et, souriante sur l'abîme,
Elle répond à votre crime
Par la prière et le pardon ;

Et quittant cette sombre terre,
Elle ira vers la grande sphère,
Où, radieuse de clarté,
Libre enfin de son joug d'esclave,
Elle pourra de toute entrave
Dégager sa sérénité ;

A cette idéale contrée,
La seule, hélas ! tant désirée,
Où le juste est loin du méchant,
Où toute peine s'évapore,
Où le bonheur à son aurore
Rayonne et n'a pas de couchant.

Et nous regretterions la vie ?
Quand déjà notre âme éblouie
Prélude aux saints ravissements, —
Nous, regretter les vertes plaines,
Les printemps, les fraîches haleines ;
Quand nous aurons les firmaments ?

Quand nous voguons à toutes voiles
Aux auréoles, aux étoiles,
A l'univers indéfini,
A la patrie où vont nos rêves,
Où la vie immense et sans trêves
A pour limite l'infini ?

Quand nous verrons, divins mirages !
Accoudant sa droite aux nuages,
Soudain paraître dans les airs,
Et flamboyer dans la lumière,
Dieu, qui fixe sous sa paupière
Les ténèbres et les éclairs ?

Quand nous pourrons avec ivresse
Chanter ses louanges sans cesse
Et contempler sa majesté,
Et, parmi les saintes cohortes,
Passer triomphants sous les portes
Qui nous ouvrent l'éternité ?

Amis, laissons la chair impure,
Ce débris mortel, en pâture
A nos sauvages oppresseurs,
Et prions à l'heure dernière,
Afin que la foi sainte éclaire
Les fibres sombres de leurs cœurs.

DISCRÉTION

Si vous croyez que je vais dire
Qui j'ose aimer,
Je ne saurais pour un empire
Vous la nommer.

A. DE MUSSET

DISCRÉTION

Si vous croyez que je vais dire
Qui j'ose aimer,
Je ne saurais pour un empire
Vous la nommer.

A. DE MUSSET.

A quoi bon, dans vos jeux, chercher à me séduire,
Pour m'arracher mon doux secret ?
Ce nom que vous voulez, je ne puis pas le dire,
Là-dessus je serai muet.

Méchantes ! à quoi bon pâlir de jalousie ?
　　Pourquoi vouloir briser mon cœur ?
Ce nom seul est pour moi toute ma poésie,
　　Tout mon génie et mon bonheur !

Voudriez-vous le ravir, l'amour dont je m'enivre,
　　Pour en ricaner en tout lieu,
Et pour voir si, sans lui, je pourrais encor vivre ?
　　Croyez-moi, c'est un triste jeu.....

Ce nom est mon trésor, — c'est l'or que je préfère
　　A toute fortune ici-bas ;
Vous avez beau pleurer et vous mettre en colère,
　　Nenni ! vous ne le saurez pas.

RIMES D'AMOUR

Vous êtes un ange, emmenez-moi au ciel.

IRMA DORFEUIL.

10.

RIMES D'AMOUR

Vous êtes un ange, emmenez-moi au ciel.
IRMA DORFEUIL.

Je rêve un paradis étrange,
Où je vous verrais comme un ange
Près de moi, tout le long du jour,
Sur une harpe d'Ionie,
Faire vibrer une harmonie
Langoureuse comme l'amour.

Les accents des notes plaintives
Comme des vapeurs fugitives
Viendraient s'épancher mollement,
Et, passant comme une caresse,
M'enlaceraient avec ivresse
Et me berceraient doucement !

Ce serait une longue extase,
Qui, palpitante à chaque phrase
De votre luth mélodieux,
Jetterait des ivresses folles,
Des délires et des paroles
Comme l'on n'en entend qu'aux cieux !

Dans une atmosphère embaumée
Flotterait votre taille aimée ;
Et sous les parfums exhalés,
S'éclairant de regards magiques,
Apparaîtraient mélancoliques
Vos deux grands yeux noirs étoilés.

Ne vivre que de mélodie,
De parfums et de poésie,
De charmes et d'enivrement,
N'est-ce pas une douce vie,
Un bonheur divin qu'on envie,
Auquel on pense bien souvent ?....

Oh ! dites-moi, lorsqu'en automne
Gémit la brise monotone
Qui caresse vos beaux cheveux,
Lorsque sa plainte vous oppresse,
Avez-vous rêvé cette ivresse,
Avez-vous envié les cieux ?

Hélas ! moi, nuit et jour j'y songe ;
Mais la vie est un dur mensonge,
Où triste et seul on doit souffrir,
Et si l'on aime avec délire,
Il faut se garder de le dire ;
Mieux vaudrait plutôt en mourir !

UN MOBILE DE 1870

UN MOBILE DE 1870

Ses yeux étaient remplis de larmes,
Et je lui disais à genoux :
« Ma mère, oh ! calmez vos alarmes,
Le Ciel aura pitié de nous ! »
Je crois voir encor mon vieux père
Me bénir, et sa voix austère
Me dire en tremblant : « Souviens-toi
Qu'un vrai Français méprise et brave
La mort dans les combats ; — sois brave ! » —
Sainte Vierge, protégez-moi.

Depuis, nous courons la campagne,
Groupés en nombreux bataillons,
Et, de la plaine à la montagne,
Sans repos, toujours, nous allons ;
Soleil tropical, pluie ou neige,
Vent d'Afrique ou vent de Norvége,
D'un ciel inclément c'est la loi ;
Et puis la faim et l'insomnie,
Incessante et dure agonie ! —
Sainte Vierge, protégez-moi.

Sous le fardeau qui nous accable,
Il faut marcher, le jour, la nuit ;.....
Parfois, l'ouragan implacable
Mugit sinistre et nous poursuit.
Je suis las, meurtri, mes pieds saignent ;
De poignantes douleurs étreignent
Mon corps engourdi par le froid ;
Toujours, toujours la neige tombe,
Mon pas s'alourdit, — je succombe ! —
Sainte Vierge, protégez-moi.

Naïf enfant de la vallée,
Amant des fleurs et des beaux jours,
On m'a jeté dans la mêlée,
En me disant : Frappe toujours !
Et, calme à travers la mitraille,
Je m'avance au champ de bataille,
L'âme triste, mais sans effroi ;
Le plomb, le fer, tout nous décime ;
Grand Dieu ! quel est donc notre crime ? —
Sainte Vierge, protégez-moi.

En avant ! — le clairon résonne
Et sonne la charge ; — à l'assaut ! —
Qu'importe le bronze qui tonne ?
Au vent s'agite le drapeau !
Alors, vers la gueule enflammée
Des canons couverts de fumée
Nous nous lançons tous à la fois ;
Des obus éclate la foudre ;
Je me redresse noir de poudre ! —
Sainte Vierge, protégez-moi.

O sainte Vierge, mon doux guide,
Soyez, soyez à tout instant
Ma bonne étoile, mon égide,
Soutenez mon pas chancelant.
Hélas ! la force m'abandonne,.....
Exaucez-moi, douce Madone,
O bonne Vierge en qui j'ai foi ;
Que je revoie encor mon père,
Le toit où je suis né, ma mère !....
Sainte Vierge, protégez-moi.

Que je puisse encor dans la plaine,
Au soleil couchant, entrevoir
Le bouvier paisible qui mène
Ses bœufs lassés à l'abreuvoir.
Que je remplisse encor mes granges ;
Que je puisse encor aux vendanges
Presser le pampre sous mon doigt ;
Et que je voie, à la veillée,
Toute la famille assemblée. —
Sainte Vierge, protégez-moi.

LAI GOTHIQUE

Entendez-vous le cor du page
Qui sonne l'air des chevaliers?

Dubédat.

LAI GOTHIQUE

> Entendez-vous le cor du page
> Qui sonne l'air des chevaliers.
>
> DUBÉDAT.

Que la nuit est mystérieuse !

Au fond du lac, Phœbé rêveuse

Croise ses faibles demi-jours ;

Au loin, dans un espace sombre,

Les archers que grandit leur ombre

Semblent des géants sur les tours.....

N'ayez peur, blanche châtelaine ;
Le manoir dont vous êtes reine
Est à l'abri de tout danger ;
Fermez votre paupière rose ;
A vos cils ma lèvre se pose,
Et je pars, mais pour vous venger !

A l'absent rêvez endormie. —
Fidèle aux couleurs de ma mie,
Son honneur ne dois oublier ;
Et si je pleure comme un page
En vous quittant, — oh ! je m'engage
A combattre en vrai chevalier.

On osa d'une insulte amère
Ternir l'amour que je vénère
Et douter d'un cœur valeureux ;
Mais, sous le toquet vert du page,
On ne vit pas l'éclair sauvage
Qui soudain brilla dans ses yeux !

Qu'importe la main jeune et frêle ? —
Je sens qu'une rage cruelle
Coule aux veines du bras vengeur ;
Je n'ai dans l'âme que la crainte
De ne pas voir ma dague teinte
Du sang de ce lâche imposteur !

Douce Éveline, que j'adore !
Si fièrement sur ma mandore
Je venais chanter en vainqueur,
Donneriez-vous à votre page
Un noble accueil pour son courage,
Une caresse pour son cœur ?

Hélas ! mon Dieu ! je n'ose y croire ! —
Ah ! si l'orgueil de la victoire
S'exilait de mon triste front,
Plus ne vivrais ; — mais, à la brune,
On verrait aux reflets de lune
Mon âme errer sur le donjon.

Que la nuit est mystérieuse !
Au fond du lac, Phœbé rêveuse
Croise ses faibles demi-jours ;
Au loin, dans un espace sombre,
Les archers que grandit leur ombre
Semblent des géants sur les tours.....

LA DIANE

Il faut d'ailleurs se souvenir que la loi
du travail est divine.

DUBÉDAT.

AU DOCTEUR ANTONIN LAVAT

LA DIANE

> Il faut d'ailleurs se souvenir que la loi
> du travail est divine.
>> DUBÉDAT.

Mortels ! dont la vie ignorante
S'écoule en un lâche sommeil,
Levez-vous, pliez votre tente,
Jéhovah sonne le réveil.

Debout ! à l'œuvre ! — Voici l'heure
De vous secouer aujourd'hui ; —
Dieu ne veut pas que l'homme meure
Sans qu'il laisse rien après lui ;

Il faut qu'en tous lieux, à tout âge,
En ce monde si ténébreux,
Il laisse trace d'un sillage
Parmi les flots tumultueux.

Chacun a sa tâche sur terre,
Chacun doit lever son flambeau,
Pour qu'à la mort, sur sa poussière,
Son œuvre éclaire son tombeau.

Il faut que dans la solitude
On se courbe au joug du travail,
Que la main prenne l'habitude
De diriger un gouvernail,

Que la pensée en toute chose
N'ait que le labeur pour devoir,
Qu'importe où la sonde se pose ?
Savoir, savoir, toujours savoir !

Vers le progrès allez encore !
Il n'est qu'un chemin, qu'un seul but.

Vous vous joindrez tous à l'aurore,
Venus du nord comme du sud.

* *
*

La muse, la science austère
Vont toujours se donnant la main ; —
Hippocrate, Archimède, Homère
Ont suivi le même chemin.

Brillant d'une même auréole,
Newton, Virgile, Cicéron,
Inscrits sous la même coupole,
Vivront toujours au Panthéon.

Ces vainqueurs des grandes idées,
Ces porte-étendard de l'esprit,
Dominent de mille coudées
Les héros de sang et de bruit ;

L'avalanche de leurs pensées
Ride leurs têtes de rayons ; —
Les routes sont par eux tracées,
Ils montrent le chemin : — Marchons !

En avant! Que l'on s'entremêle !
Savant, poëte, historien,
La gloire est pour tous immortelle ;
Lucrèce égale Galien.

Titien avec sa palette,
Galilée avec son compas,
Gagnèrent la même conquête,
Luttèrent les mêmes combats !

Oh ! leur victoire est magnanime,
C'est celle de la vérité ;
Acclamons leur sceptre sublime,
Et non le sceptre ensanglanté.

Or donc, à l'œuvre ! Point de guerre,
Et point d'inutiles trépas ;
Allons conquérir la lumière ;
Là, nous livrerons nos combats !

CONSUMMATUM EST

> La jalousie, c'est la gangrène.
>   AFONii.

CONSUMMATUM EST

> La jalousie, c'est la gangrène.
>
> Afonii.

Vous pouvez maintenant être heureuse, madame,
    Tout va selon votre souhait;
Le meurtre est consommé, — sous vos pieds gît mon âme; —
    Votre triomphe est bien complet !

O sombre jalousie !... Infernale folie
    Où l'amour hurle de douleur,
Eternelle insomnie, enfer, hydre, furie,
    Cancer qui me ronge le cœur ! !

Oui ! je me sens mourir de ce mal qui m'accable ;
  Mais, je le dirai devant tous,
La main qui me frappa, c'est votre main coupable ; —
  Jurez-moi que ce n'est pas vous !

Dites que vous n'étiez ni perfide ni traître,
  Que vous blessiez innocemment,
Que j'interprétais mal, — que vous frappiez peut-être
  Sans vous en douter seulement ;

Qu'on vous absout d'ailleurs ; que tout le monde blâme
  Mon amour insensé pour vous ; —
Tout cela n'est qu'un jeu ! — dites, quel est, madame,
  Le seul criminel d'entre nous ?

Dites qu'il vous fallait pour vos tristes journées
  Quelques nouveaux délassements,
Et qu'alors vous fouliez, comme des fleurs fanées.
  Quelque amoureux de temps en temps......

Oh ! je sais qu'on sourit à votre tresse blonde,
        Que votre rôle est le plus beau,
Qu'on me traite de fou. — Dieu juge en l'autre monde
        Et la victime et le bourreau !

Quoi ! serait-il permis d'écraser miette à miette
        D'un pied dédaigneux et distrait
Et de pendre au gibet le cœur mort du poëte ?
        Non ! — Dieu punira ce forfait !

Jusque-là, jouissez d'une vie enivrante,
        Moquez-vous, souriez encor ; —
La justice du Ciel durant la vie est lente,
        Mais elle est rapide à la mort.

En vous tout charme et vit, mais en moi tout expire :
        Nos destins ne sont pas égaux. —
Plus tard aussi, j'aurai la grâce du martyre,
        Et vous la peine des bourreaux ! ! !

DÉSILLUSION

Nos seules vérités, hommes, sont nos douleurs.

LAMARTINE.

DÉSILLUSION

Nos seules vérités, hommes, sont nos douleurs.
LAMARTINE

Le Ciel n'a pas voulu donner ce bien suprême,
De sentir palpiter sans cesse à nos côtés
Le doux frissonnement d'un être qui nous aime,
Et qui remplit le cœur de soudaines clartés ;

13

En vain on le poursuit avec persévérance,
On voudrait reposer le front entre ses mains,
Et, ne fût-ce qu'un jour, s'enivrer d'espérance,
De sourires, de joie et de baisers divins !

On voudrait contempler sans cesse, avec délire,
Ses grands yeux langoureux qui se fixent sur nous,
Sentir sur notre cœur passer son doux sourire,
Et vivre prosterné toujours à ses genoux.

On voudrait lui conter la joie et la tristesse,
Et les jours de malheur et les jours de plaisir,
Et jeter dans les plis de sa robe, sans cesse,
Tout ce que peut chercher son œil et son désir.

II

Mais, hélas ! ces pensers sont vains et sans espoir ;
Sur un sol desséché, guidons notre charrue ;
En hiver, en été, du matin jusqu'au soir,
Portons dans notre cœur la douleur qui nous tue.

Marchons sans murmurer, soyons durs au labeur,
Imprimons sur le sol une trace profonde,
Arrosons les sillons de gouttes de sueur,
Et ne prenons jamais de repos en ce monde.

Pourquoi chercher le ciel ? il n'est point ici-bas.
Pourquoi lever le front et contempler l'espace ?
J'ai rêvé si longtemps en vain, que je suis las,
Et que dans sa prison ma pauvre âme se glace.....

Si vous avez jamais caressé tendrement
Un désir bien-aimé de toute votre vie,
On vous déchirera le cœur affreusement ; —
Vous voudrez une fleur, vous n'aurez qu'une ortie !

QUATRE CHANSONS

CHANSON

Dites, vous en souvenez-vous ?

H. Murger.

Il est temps que tu te souviennes
De la jeunesse et des beaux jours,
Des fleurs et des heures anciennes,
Et des printemps et des amours.
Il est temps que tu te souviennes
De la jeunesse et des beaux jours.

Du souvenir l'ombre est si chère !
Son parfum embaume le cœur ; —
O jours d'extase et de prière,
Vous me rapportez le bonheur !
Du souvenir l'ombre est si chère !
Son parfum embaume le cœur.

Nous promenions dans les prairies,
Allant, les bras entrelacés,
Je te donnais tes fleurs chéries,
Tu me disputais les baisers.
Nous promenions dans les prairies,
Allant, les bras entrelacés.

Je restais des heures entières
A rêver mes yeux dans tes yeux,
Mon œil caressait tes paupières ;
Que nous nous aimions tous les deux !
Je restais des heures entières
A rêver mes yeux dans tes yeux.

Aujourd'hui, dame et châtelaine,
Oublierais-tu ton vieil ami ?
Ou bien, se réveillant sans peine,
Ton cœur ne dort-il qu'à demi ?
Aujourd'hui, dame et châtelaine,
Oublierais-tu ton vieil ami ?

Pour être experts dans cette affaire,
Il faut, je crois, recommencer ;
Nous saurons d'une façon claire
Si nous pouvons encore aimer.
Pour être experts dans cette affaire,
Il faut, je crois, recommencer.

Il est temps que tu te souviennes
De la jeunesse et des beaux jours,
Des fleurs et des heures anciennes,
Et des printemps et des amours.
Il est temps que tu te souviennes
De la jeunesse et des beaux jours.

CHANSON CRÉOLE

Qu'allez-vous faire si loin d'ici ?
MUSSET.

Vous fuyez les rives ombreuses
Où se penchent les joncs tremblants,
Les palmiers, les frêles yeuses,
Les bois pleins de gazouillements ;
Vous allez sur les mers profondes ;
Pour vous, mon cœur est plein d'effroi ; —
Emportez-vous vos tresses blondes ?
Oh ! de grâce, laissez-les-moi !

Vous allez, je crois, vivre en France,
Rêvant un plus bel avenir ;
Je comprends votre impatience,
Mais laissez donc un souvenir ;
De ce pays le cœur s'exile,
Mais alors je ne sais à quoi
Votre cœur pourrait être utile ?
Oh ! de grâce, laissez-le-moi !

Vous allez aux froides contrées,
Où l'amour est triste et frileux ;
Aux regards de femmes parées,
Il ne montre qu'un front peureux.
Au milieu de ces cœurs frivoles
Votre amour serait à l'étroit,
Il y jouerait les seconds rôles ;
Oh ! de grâce, laissez-le-moi !

Tenez, je crois qu'il serait sage
De rester ici pour toujours ;
Abandonnez votre voyage
Et ne pensons plus qu'aux amours.
Il serait mal, — sur ma parole !
De laisser voler loin du toit
La colombe dont je raffole ;
Oh ! de grâce, laissez-la moi !

CHANSON MATINALE

Réveillez-vous, ma mie Annette.

H. MURGER.

Que ta paupière, ô bien-aimée,
Doucement s'ouvre aux feux du jour ;
Mon âme à ton réveil charmée
Attend qu'à ta lèvre embaumée
Voltige un sourire d'amour.

Nous irons voir sur les collines
Les bonds joyeux de nos chevreaux,
Et nous penchant sur les ravines
Nous verrons les plantes marines
Courber leurs tiges sur les eaux.

Nous cueillerons des fruits sauvages ; —
Rêveurs aux chansons des bergers,
Tous deux assis sous les ombrages,
Notre œil suivra dans les nuages
Le vol des oiseaux passagers !

*
* *

A toi, les suaves haleines,
Qui nous caressent toutes pleines
Des parfums qui naissent aux champs,
Célestes brises des campagnes,
Qui déroulent sur nos montagnes
Nos chevelures et nos chants.

A toi, ma chaumière oubliée
Sous les ronces de la vallée,
Doux foyer où j'aime à m'asseoir ;
Mon chien à l'œil plein de tendresse,
Le seul ami qui me caresse
Quand je rentre au logis, le soir.

A toi, mon troupeau qui folâtre,
Mes pipeaux où plus d'un vieux pâtre
A sifflé des airs d'autrefois ;
Puis, ô douleur ! le banc de pierre
Où cet été mon pauvre père
S'assit pour la dernière fois.....

A toi, mes bras jeunes de force,
Va, — ne crains pas leur rude écorce,
Lorsque devant l'âtre joyeux
Ils presseront ta taille ronde,
Tandis qu'au dehors le vent gronde
En gémissements furieux.

14.

A toi, mon cœur vierge de haines,
Pour que tu saches dans les peines
Où poser ton front ici-bas ;
Enfin, tout ce que j'ai sur terre,
Simple montagnard, solitaire
Au mont qui vit mes premiers pas.

Que ta paupière, ô bien-aimée,
Doucement s'ouvre aux feux du jour ;
Mon âme à ton réveil charmée
Attend qu'à ta lèvre embaumée
Voltige un sourire d'amour.

LA CHANSON DU ROI DES ALGUES

> Le roi des Algues chantait du fond des eaux,
> pour attirer à lui les jeunes filles.
>
> (Légende vénitienne.)

O bien-aimée ! accours, viens à la brune,
Dans ces flots verts nous glisserons tous deux ;
La nuit est sombre ; — et, discrète, la lune
Sur nos amours vient d'éteindre ses feux.

Vois, tout se tait ; l'onde est calme et soumise ;
Nul gondolier, nulle chanson, nul bruit ;
Seule, plaintive et suave, la brise
Étend au loin ses ailes dans la nuit.

Nonchalamment penché sur ton épaule,
Je parlerai sans fin de mon amour,
Je jurerai que je veux, mon idole !
A tes beaux pieds poser le sceptre un jour ;

Car je suis roi : — dans les abîmes sombres
Sont enfouis mes soldats et mon or,
Je suis le chef d'un doux royaume d'ombres
Et je commande au palais où l'on dort.

Oh ! ne crains pas mon peuple de fantômes,
Sur des lits verts ils sont tous étendus,
Leurs yeux pâlis y prolongent leurs sommes,
Et leurs pieds froids ne les porteront plus.

Si tu voyais ! — au fond des mers profondes
Flottent des lits d'algues et de roseaux ;
Tu laisseras baigner tes tresses blondes ;
Pour sommeiller, on est bien sous les eaux.

Viens ! — Je suis jaloux que ta voix légère
A tout moment se perde dans les airs ;
Crois-moi, ton chant n'est pas fait pour la terre,
Viens le chanter et régner dans les mers.

O bien-aimée ! accours, viens à la brune,
Dans ces flots verts nous glisserons tous deux ;
La nuit est sombre ; — et, discrète, la lune
Sur nos amours vient d'éteindre ses feux.

VENGEANCE!

Du club à l'atelier, du manoir à la grange,
Tu verras ce que c'est qu'un peuple qui se venge!

ALBERT DELPIT.

Facit indignatio versum.

JUVÉNAL.

A Mlle AGAR

de la Comédie-Française.

~~~~

VENGEANCE !

Du club à l'atelier, du manoir à la grange,
Tu verras ce que c'est qu'un peuple qui se venge !
ALBERT DELPIT.

Facit indignatio versum.
JUVÉNAL.

Solennelle est l'heure qui sonne ;

L'ouragan qui souffle est glacé ;

Debout ! L'ennemi nous talonne,

Le temps des fêtes est passé.

Loin de nous les heures de joie,

Que notre œil ardemment flamboie,

Il n'est plus temps de s'assoupir ; —

Il faut, la main sur notre glaive,

Ecouter dans la nuit sans trêve

Les sombres pas de l'avenir.

15

Hâtons-nous, — la lutte est prochaine ;
Malheur au combattant tardif,
Sous l'ouragan qui se déchaîne
Il nous faut passer le récif ;
Il faut que nos membres débiles
Redeviennent souples, agiles,
Qu'ils raffermissent leur ressort,
Que forts et durs comme des pierres
Ils entraînent avec leurs serres
Toute l'Allemagne à la mort !

Il faut saisir à l'improviste
Notre ennemi qui nous attend,
Et qui là, penché sur la piste,
Nous épie à chaque moment.
Armons nos fusils en silence,
Pas un seul jour de défaillance,
Pas un seul cri, pas un faux pas ;
Méfions-nous, — et dans le doute
En cas que l'on ne nous écoute,
Si nous parlons, parlons tout bas.

Car bientôt une haine atroce,
Un formidable acharnement,
Lanceront comme un chien féroce
L'aigle de Prusse à notre flanc ;
Cet aigle à l'appétit vorace
Vers nous tourne son bec rapace,
Dans l'ombre il médite ses coups ;
D'avance, sa faim nous dévore :
Il voudrait se gorger encore. —
Méfions-nous, méfions-nous !

Oh ! cette Prusse détestée
S'arrêtera-t-elle jamais ?
N'est-elle pas épouvantée
Elle-même de ses forfaits ? —
Qu'a-t-il fait ce peuple sauvage,
Ce coupe-jarret sans courage
Qui tue et pille à tout propos ?
A-t-il jamais dans la mêlée
Loyalement mis son épée ?
A-t-il vaincu comme un héros ?

Fi donc ! — ses combats sont des crimes,
Ses victoires des guets-apens ;
Il court achever ses victimes
Avec l'attirail des brigands !....
Qu'il se parade, et qu'il se vante
De sa tactique triomphante ?
— La morgue sied bien au vainqueur ; —
La France, quoique terrassée,
Préfère sa dague brisée
Au coutelas de l'égorgeur !

Allez ! cette dague rompue,
Nous la reforgerons encor,
Nous la brandirons toute nue
En poussant de longs cris de mort ;
Cette fois, sans merci ni grâce,
Elle saura se faire place ; —
On verra flamboyer dans l'air,
Passer et repasser sans cesse,
Cette sublime vengeresse,
Foudroyante comme l'éclair !

Certes ! la guerre est effroyable,
C'est un fléau que je maudis,
C'est une mégère implacable,
Une déesse de bandits !
Mais, puisqu'on nous prend à la gorge,
Qu'on nous détrousse et nous égorge,
Que l'on vient voler nos drapeaux ;
Puisqu'on fait fi des lois divines,
Que la France croule en ruines,
Que c'est le règne des corbeaux ;

Puisqu'il faut être sanguinaire,
Puisque dans le sombre avenir
Pleine de sang est la carrière,
Eh bien ! — nous allons y venir ! —
Nous remplirons bien notre tâche,
Nous éventrerons sans relâche ;
Le meurtre rougira nos mains,
Nous nous soûlerons de vengeance
Et nous ferons de notre France
Une tanière de Caïns !!

15.

O Germains ! tourbe de Vandales,
Féconde race d'espions,
Vous qui prenez les capitales
Cachés derrière les canons !
Si vous avez du cœur, — canailles ! —
Approchez ! Mesurons nos tailles ;
Les lions se serrent de près, —
Comme eux nous aimons à combattre ;
Vous, les loups, vous n'osez vous battre
Qu'en foule, et du fond des forêts !

Faites loyalement la guerre,
Apparaissez fiers devant nous,
Qu'on se batte en pleine lumière
Et que l'on meure devant tous !
N'allez pas comme des couleuvres
Cacher en rampant vos manœuvres,
Vous blottir sous quelque buisson,
Et nous guetter dans la nuit noire
Pour voler un peu de victoire
Par la faim et la trahison !

Puisqu'il faut marcher plein de rage,
Dans les chemins que vous tracez,
Ouvrons un concours de carnage,
Voyons ceux qui crieront : « Assez ! »
Accourez donc ! — Qu'on en finisse ; —
Proclamons vainqueurs dans la lice
Les plus grands faiseurs de tombeaux,
Et que tous les peuples du monde
Pâlissent, au spectacle immonde
Du couronnement des bourreaux !!

Quel triomphe pour la science !
Quel jour mémorable entre tous,
Lorsqu'on trouvera l'hydre immense
Pour tuer un peuple en trois coups ?
A quoi donc servirait l'étude,
S'il fallait dans la solitude
L'occuper d'œuvres bienfaisants ?
Avouez qu'il est plus sublime
D'immortaliser par le crime
Sa noble tête à cheveux blancs !

O Seigneur! vous que je vénère,
Vous, le pasteur paisible et doux,
En vain vous dites en bon père :
« Les uns les autres aimez-vous! »
Hélas! l'homme ne vous écoute ;
Ambitieux, il suit la route
Du plus éclatant des forfaits,
Il monte au char de la victoire
Et semble oublier en sa gloire
Vos douces paroles de paix....

Voyez, voyez, vers l'Allemagne,
Cette *lugubre trinité*
Qui riva le boulet du bagne
Aux pieds de notre liberté......
Il faudra que ces tyrans meurent !!....
L'Alsace et la Lorraine pleurent,
Nos frères ont courbé le front ;
Dieu veut-il qu'on les abandonne ?
Non, non, — vengeance !! — Il nous pardonne
Devant la honte de l'affront !

TABLE

Achevé d'imprimer

LE QUINZE FÉVRIER MIL HUIT CENT SOIXANTE-TREIZE

PAR GAUTHIER-VILLARS

A PARIS